バルコニーの情景

ジョン・フォン・デュッフェル

平田栄一朗［訳］

ドイツ現代戯曲選 22

Neue Bühne

論創社

編集委員◉池田信雄／谷川道子／寺尾格／初見基／平田栄一朗

BALKONSZENEN
by John von Düffel

This translation was sponsored by Goethe-Institut.

GOETHE-INSTITUT

「ドイツ現代戯曲選 30」の刊行はゲーテ・インスティトゥートの助成を受けています。

(photo © Martin Kaufhold)

Krieg. Lustspiel ¶ Igor Bauersima norway.today ¶ Fritz Kater zeit zu lieben zeit zu sterben ¶ Elfriede Jelinek Macht nichts ¶ Peter Handke Die Stunde da wir nichts voneinander wußten ¶ Ei
kke Die Alphabeten ¶ Franz Xaver Kroetz Der Drang ¶ John von Düffel Balkonszenen ¶ Heiner Müller Der Auftrag ¶ Herbert Achternbusch Der Stiefel und sein Socken ¶ Volker Braun Ipt
idberg-Variationen ¶ Dea Loher Tätowierung ¶ Thomas Bernhard Heldenplatz ¶ Elfriede Jelinek Raststätte oder Sie machens alle ¶ Rainer Werner Fassbinder Der Müll, die Stadt und der

目次

Balkonszenen

バルコニーの情景

登場人物

アレクサンドラ／ジャーナリスト
ジモーネ
孤軍・奮闘男／ラインハルトのパートナー
アレクサンドラの影（ミスター・シェード）
ウェイター

ラインハルト／リュディガー
死んだ妻の声を聞く空耳男
ルート
リヒャルト
理想のカップル

作者による前置き

舞台

建物の正面。窓。バルコニー。パーティは宴たけなわだ。しかし会場はかなり離れている。

登場人物

登場人物は、初めは声が聞こえるだけだ。繰り返して登場する声もあるし、一度かぎりの声もある。聞き覚えがあるような気もするが、どことなく変わってしまったと思える声もある。単に声が変わっただけなのか、それともまるっきり別人の声になったのか、ほとんど区別できない。

作品

これはいわゆる戯曲ではない。夜更けに交わされたおしゃべりとその断片のメモ書きにすぎない。すべては偶発的で、通りすがりに小耳にはさんだといった趣である。夜の情景と断片を結びつけているのは、空間と時間だ。場面同士の内的関連が表立つことはない。たぶん、内的関連など存在しない。それはきっと時空の証人である観察者の脳裡にのみ生じる現象だ。

女友達

ジモーネとアレクサンドラ

アレクサンドラ 警察よ。警察を呼んで
ジモーネ いい加減にしてよ
笑うのやめて
アレクサンドラ 笑ってなんかないわ
ジモーネ 私をよくこんな目に合わせられるわね
アレクサンドラ 怒鳴りださないようにがまんしてるの
ジモーネ じゃあ、怒鳴りなさいな
アレクサンドラ あの最低女
最低でしょ

最低としか思えないわ

ジモーネ 自分の仕事しているだけでしょ

アレクサンドラ 顔の括約筋が痙攣した

最初の人間だわ

ジモーネ やめなさいよ

アレクサンドラ 喉から出てくるのはクソばかり

ジモーネ 挑発にはのらないわよ

こんばんは

理想のカップルが登場し、バルコニーで踊り始める。想像上の音楽のリズムに合わせて体を揺り動かす。

理想のカップル こんばんは

こんばんは

こんばんは

理想のカップルは退場。アレクサンドラが踊りながらジモーネに近づく。

ジモーネ あなたってありえない人ね

アレクサンドラ あなたシャワー浴びてないでしょ

ジモーネ 九時間も客と握手のしどおしなのよ
仲直りしましょ

アレクサンドラ 分かった。でもここじゃいやよ

抱きあう。

アレクサンドラ 絶対内緒よって秘密を打ち明けたときの
あの女の様子、あなたも見とくべきだったわね……
あなた、なんとなくリラックスしてないわね

ジモーネ リラックスしてるわ

アレクサンドラ　ほらこの肩
あなたの肩ひどくしゃちこばってる
ジモーネ　そうかしら
アレクサンドラ　首が見えないくらいひどい
ジモーネ　ねえ、スケジュールを延期できる口実ってないかしら
アレクサンドラ　だらしないわね
ジモーネ　明日いつ仕事が始まるかって考えると、つい
アレクサンドラ　ねえ、ここの料理、顔がむくむんじゃない
ジモーネ　私は綺麗でなくてもいいの。信頼される顔ならいいの
アレクサンドラ　私は、あなたが綺麗でいてほしいの
ジモーネ　あなた、ここに来るんじゃなかったわね
こんばんは

誰もいない。

ジモーネ　どこへ行くの
アレクサンドラ　あの女がなにを知っているのか、聞き出してくる
ジモーネ　ほっときなさいよ
アレクサンドラ　あなただけの人生じゃないのよ
ジモーネ　その言い方はないでしょ
アレクサンドラ　私はあなたじゃないの
ジモーネ　それについてはもう話し合ったでしょ
アレクサンドラ　いずれにせよ、私は膣痙攣をおこしはしないわ
ジモーネ　こんばんは

理想のカップルがふたたび踊りながら登場し、体を揺り動かす。しばらくすると、二人の口が動いているのが分かる。二人は囁き声で語り合う。

理想のカップル　今晩遅くなるって、ベビーシッターに伝えておいた？
ちょうどそれを考えていたところよ

理想のカップルはふたたびパーティ会場に入っていき、見えなくなる。

アレクサンドラ 眠くなってきた
ジモーネ 飲みすぎたからよ。帰りましょう
アレクサンドラ 寝る前にこれくらい眠くなれたらいいのに
ジモーネ あくびをするんなら、あなたとはもう話をしないわ
アレクサンドラ できれば、ジモーネ
今すぐあなたの中に入り込んで、眠りたいわ
ジモーネ そんな話これ以上聞きたくない
アレクサンドラ 分かった、分かった
私また飲んだくれの男たちと楽しんでくるわ
ジモーネ 今晩また変なことしでかしたら
私たちもうおしまいだからね

孤軍奮闘男がパーティ会場から飛び出してくる。

孤軍奮闘男 もう戻るもんか
いい加減にしやがれ。もううんざりだ
シュトュルツェンホーフエッカーの馬鹿野郎
えばりくさりやがって
おや、こんばんは、ご婦人がた

こんばんは
こんばんは

孤軍奮闘男、ふたたびパーティ会場へ。戸口にとつぜんアレクサンドラの影が現れる。

ジモーネ あなたの酔いが醒めるまで、見ていてあげる
アレクサンドラ あなたって人の楽しみを台無しにするのね

ジモーネ　それがどういう意味なのかは、聞かないことにするわ
アレクサンドラ　答えは、不安よ
ジモーネ　不安ですって
アレクサンドラ　あなたは私を不安にさせる
で、それが私にはうんざりなの
私はうんざりな不安で一杯
ジモーネ　正直、私は
その反対に人を勇気づけてると
思ってきたんだけど……
アレクサンドラ　不安であくびがでそう
ジモーネ　あなたには言いたくないと思ってきた言葉を
ついに言うときがきたわ
アレクサンドラ　キスして
ジモーネ　もうこれ以上あなたとやっていけない
アレクサンドラ　ジモーネ……

ボーイ・ミーツ・ガール★1

アレクサンドラとその影ミスター・シェード。

ミスター・シェード　お邪魔します
アレクサンドラ　すみません
ミスター・シェード　お邪魔なのは分かってます
アレクサンドラ　構いません
どうせ私も、またパーティに戻ろうと思ってましたから
ミスター・シェード　まずは、はじめまして
アレクサンドラ　はじめまして
ミスター・シェード　今晩ずっとあなたを観察してました
アレクサンドラ　それで、私はどうでした

ミスター・シェード　あなたは
アレクサンドラ　裸かしら
ミスター・シェード　そうでもあるし、そうでもない
アレクサンドラ　それなら少し安心したわ

短い間。

アレクサンドラ　それで
ミスター・シェード　新鮮な空気ですね
アレクサンドラ　ええ、びっくりするくらい
ミスター・シェード　この匂いはどことなく
なにかを思い出させます
アレクサンドラ　いいこと、お話は後でまたつづけられると……
ミスター・シェード　体の中で、五月の夜を
もっとも強く感じる器官はどこだと思います

アレクサンドラ　今は六月よ
ミスター・シェード　でも五月のような香りがします
アレクサンドラ　それならそれでもいいわ

短い間。

ミスター・シェード　あなたは肌とお答えになると思ってたのですが
アレクサンドラ　何ですって
ミスター・シェード　あなたは五月を肌で感じておられると
アレクサンドラ　おあいにくさま
ミスター・シェード　今晩ずっとあなたを観察していたんです
アレクサンドラ　それじゃ今は私たちのうちのどちらかが
飲み物を取りに行くべきだと思うんだけれど
ミスター・シェード　あなたがそう言うのは分かってました

ウェイターがバルコニーに登場し、煙草に火をつける。

アレクサンドラ すれちがいの会話をしてくれてありがとう

ミスター・シェード なにか飲みたかったんですよね

アレクサンドラ これ以上の酸素は身体が受けつけないわ

ミスター・シェード あの方がきっと飲み物を持ってきてくれますよ

ウェイター 休憩中です

ミスター・シェード でもチップに無関心というわけでもないでしょう

ウェイター 今はだめです

ミスター・シェード 買収されない人なんているもんですか

アレクサンドラ それでは今度また

私は……

ミスター・シェード 待ってください……

アレクサンドラ フリークショーに戻らないと

みんなを待たせてるので

ミスター・シェード　そう思えませんね
アレクサンドラ　またお会いしましょう
ミスター・シェード　あなたから目を離しませんからね

アレクサンドラ、退場。ミスター・シェードはウェイターと残る。間。

ミスター・シェード　煙草を吸い終わったら、水を持ってきてください
感情について語ると、いつも口が
からからになってしまうんです

ミスター・シェードはウェイターを見つめる。ウェイターは煙草を吸いつづけている。

ミスター・シェード　今のは忘れてください
どうぞ

ミスター・シェードはウェイターにチップを渡して退場する。ウェイターは二本目の煙草に火をつける。

商談　その一

ライン ハルトと彼のパートナー。速いテンポで。

パートナー　つまり、彼との話し合いを拒むってことか
ラインハルト　彼に今プレッシャーをかければ
パートナー　プレッシャー
ラインハルト　あの男はもう限界だ
パートナー　プレッシャーねえ
ラインハルト　彼はもう持ちこたえられない
パートナー　君がプレッシャーを口にするなんて、信じられない
ラインハルト　たしかに……戦術的には間違いだろう
パートナー　君たちはプレッシャーの何たるかがまるで分かってない

ラインハルト　危ない橋をわたるわけじゃない……

パートナー　だが厄介なことになったら……

ラインハルト　そうはならないさ。ただ思うに……

パートナー　君たちは互いを知りすぎてしまったんだ

ラインハルト　ビジネスの上ではね

パートナー　それだけじゃないだろ

ラインハルト　知らないね

二人は煙草をくゆらすウェイターの存在に気づく。

パートナー　なにか注文したのか

ラインハルト　何だって

パートナー　ぼくらはなにもいらないよ

ウェイターはその場を動かない。

パートナー　消えうせろ

ウェイターはパートナーに向かって歩み寄る。

ウェイター　はっきり言うが、おれの愛してるのは別の女だ

ウェイター、退場。

パートナー　労働組合か

ラインハルト　最低賃金法の波及効果だ

パートナー　飲み食い業者の組合ってわけだ

二人は笑う。

ラインハルト　じゃあ、彼と話し合うことにする
パートナー　いいよ、ほっとけよ
ラインハルト　今なら話し合える
パートナー　たしかに、その姿勢は評価するよ、だけど……
ラインハルト　ぼくは彼をやっつける
パートナー　ラインハルト、正直に言わせてもらうが
君は他人と距離がとれない
ラインハルト　距離をおけっていうんなら、まかしとけ
熱心に関わるにせよ、距離をおくにせよ、君の望みに合わせるよ
パートナー　誤解してほしくないんだが
この仕事にはシニカルな人間が必要なんだ
ラインハルト　ぼくはシニカルなタイプだぜ
パートナー　シニカルな人間ならそういう言い方はしない
ラインハルト　ぼくは何でも屋だ
どんなことだってする。彼をやっつけてやる

パートナー　どうかな
君がかわいそうに思えてきた
これじゃ不安定で仕方がない
ラインハルト　なにを言うんだい。ぼくはまともだよ
パートナー　ラインハルト、君が問題を抱えているのに、ぼくはそれに関心がない
パートナー同士としては、危機的状況と言わざるをえないな
ラインハルト　ならぼくは、どうしたらいい
パートナー　君は大変なプレッシャーを受けてる。誰の目にも明らかだ
ラインハルト　チャンスをくれないか
パートナー　汗をかいてる
おい、ラインハルト、大変な汗だ
シャツがぐっしょりだ
ラインハルト　着替えるよ
パートナー　ラインハルト、いいか
家に帰れよ

ラインハルト　ぼくは大丈夫だ

パートナー　忠告しとくが、帰るんだ

ラインハルト　だいじょう……

パートナー　ラインハルト、こんな姿の君はもう見たくない

ラインハルト　分かった、ただぼくは……

パートナー　お互い分かり合ったんだよな

ラインハルト　オーケー

パートナー　それじゃお休み

ラインハルト　お休み

ラインハルトはひとり取り残されすすり泣く。

間。誰かが現れ、

ラインハルトのそばに来て、手すりに寄りかかる。

男同士　その一

ラインハルトと死んだ妻の声を聞く空耳男。

空耳男　聞こえ
聞こえたか
こんな
こんな声なんて
ありえない
こんな声が出せるのは天使くらいだ
これほど明るくて
これほど高い
堪えられない

静寂。

最後に
こんな声が聞こえるって
分かってたら
君は苦闘の末に
余力をほとんど失ったが
でも耐えぬいて、すべてを受けいれた
今ようやく、なぜそうだったのかが分かるよ
最後に
この声に迎えられるためだったんだ
この声の響きにつつまれ
守られている
そうなんだ

ああ、もう堪えられない

短い静寂。

ぼくはつまらない人間だ、でも
今宵はずっとこの女が耳の中にいてくれる
そしてぼくはどうかといえば、こんなに深い
喜びを感じているのだ

空耳男はラインハルトを見つめる。

君が今どんな気分なのか、よく分かるよ
本当にかわいそうに
助けが必要なら、ぼくがここにいるよ
酸いも甘いもかみ分けてきたんだ

しばしの間

こう考えてごらん
君は生きている。それがなによりじゃないか
目を泣きはらす夜々も
いずれ思い出になる
これが最期というわけじゃない
これが生きてるってことなのさ
このクラブにようこそ

しばしの間

ちょっと話しただけじゃ
たいした助けにもならないだろうが

忠告させてもらっていいかな
後になって振り返ったとき
ぼくの言ったとおりだと気づくと思う
深刻に思い悩まないことだ

理想のカップルが踊りながらつかの間登場する。空耳男は二人を見るが、ラインハルトはひとり泣いている。

空耳男　こんばんは
理想のカップルの男　間が悪いな
理想のカップルの女　いま私を回さないでよ

理想のカップルは踊りながら退場する。

空耳男　今後のなりゆきを正確に言ってあげよう

君たちはすぐに別れる
それが結論だ
子供がからんでいるのか。子供は忘れることだ
女は、子供を引き取れなくなるほど
頭がおかしくなることはない。忘れるんだ
子供の写真は、毎日見ずにすむ場所にしまっておけ

微笑を浮かべて。

犯しちゃいけない過ちはただひとつ
深刻に思い悩みすぎることだ
なにか飲むか

空耳男はあたりを見回す。ウェイターはいない。

飲んでも埒は開かない
一番いいのは、酒で憂さを晴らすのは省いて
いきなり仕事に熱中することだ
そうすればいろんなことを省くことができる。信じろよ
仕事こそいまの君にとって唯一の……
すまない。でも
この声が
堪えられない、聞こえないか
どんどん高くなって、高みに達した。この歌声は
夏、風に揺られる麦の茎の擦れる音のようだ……
ぼくは「のようだ」と言ったのか
それはどうあれ
仕事こそ理想の恋人だ
ぼくは「恋人」と言ったのか、おお、おまえ
陽光に包まれて歌う

黄金色の小麦よ
大地を覆い輝く渇き
穂の海は、光を浴びて震える広大な柔肌のようだ
ああ、堪えられない、今のは聞き逃してくれ
さっき言ったように
仕事が理想の恋人だ
仕事はいつも君を待ってる
さあ、中へ入れよ
そして勇気を出して
君は勝利者だと、皆に見せつけてやるんだ

空耳男はラインハルトの肩を叩く。ラインハルトは意気消沈したまま歩き始める。

空耳男　や、やめろ

やめてくれ
もう堪えられない
すまない
この声
この喜び
深刻に思い悩むな、だが
これはわが人生最高とまでは言わないが
でも最高にすばらしい瞬間だ
さあ、行け
アメリカ流にふるまえ
くよくよせず、行動あるのみ
さあ、一緒に行こう
君の妻のことなんか忘れてしまおう

バルコニーはしばらくのあいだ人気がなくなる。

パーティのざわめきが遠くからのように聞こえ、静けさと拮抗する。
やがて女たちの笑い声がすぐ間近に聞こえる。

バルコニー、バルコニー（集団テロ　その一）

パーティ客。

ああいうタイプの人をずっと待ち望んでいたの
ねえ、みんな、夏がやって来るわ
百パーセント夏になるのよ
すばらしいと思わない
ルートよ。何てこと、ルートを置いてけぼりにしてきたわ
ここに座って
次つぎと起こる出来事を眺めよう
夏、夏、夏
あなた、立ち上がってよ

みんなが楽しんでいるのに
君だけ仲間に加わらないのか
ねえ、ルートを最後に見たのはいつだったたか
みんなちゃんと思い出さなくちゃ
お願いだから、立ち上がって
そもそも彼女一緒にいたんだっけ
みんな、そんなつまらない顔してないで
座れよ
でも、ぼくは今しがたまで彼女と語り合っていたんだぜ
神と世界について
誰と
ルートだよ
ルートって誰
ぼくに言わせれば、ここは臭いな
帰宅したら、寝ている妻をおこして

すべて告白するよ
すばらしいだろ
ここはほんとに臭い
それとも家にはもう戻らないかも
彼女は彼と別れると、ぼくには言ってた
誰が
ルートだよ
リヒャルトと
みんな、ルートがリヒャルトと別れるんですって
この世にはもう確実なものなんてなにもないのね
臭いは下から来てる
ばかな
こちら、あなたの奥さん？
リヒャルトが別れるんだよ
通りから来てるんだ

そのうちおさまるわよ
リヒャルトが別れるですって。誰がそんなこと言ってるの
ルートだよ
それって影響大きいと思うわ
ところでルートだけど
いったい今どこにいるんだ
ねえ、あなた
ここを動かないぞ
しばらくしたら
ここは涼しくなるわ。みんな、そう思わない
ぼくはずっとそう言ってるじゃないか

少女が少年に話しかける

アレクサンドラとその影（ミスター・シェード）

アレクサンドラ　消えてよ
ミスター・シェード　何ですって
アレクサンドラ　私の後をつけ回すのはいいかげんにしてほしいの
ミスター・シェード　飲み物を持ってきてさしあげたかっただけです
アレクサンドラ　私を酔わせたいんなら、来るのが遅すぎたわ
ミスター・シェード　あなたをただ見ていたいだけです。いけませんか
アレクサンドラ　あなたっていったい何世紀に生きているの
ミスター・シェード　どうぞ

ミスター・シェードはアレクサンドラにグラスをわたす。アレクサンドラはそれに口をつける。

アレクサンドラ うわ、このピニャコラーダ、生ぬるいじゃない

ミスター・シェード ごめんなさい。手のぬくもりのせいです

パーティ会場から声がもれ聞こえてくる。

声 ルート?

声 リヒャルト?

パーティ会場から誰かが一瞬顔を垣間見せる。

アレクサンドラ 遊園地のお化け屋敷に出てないときはなにをしてるの

ミスター・シェード　あなたはいつも自分から目をそらそうとしてますね
でも、そんなのうまくいきませんよ
アレクサンドラ　根気強ければ目的は達成できる、そうあなたに教えたのが
誰だか知らないけど、その人って女心については心得がないようね

ミスター・シェードはにやにやと笑う。

アレクサンドラ　あなたの人生に役立つことを教えてあげるわ
女のハートを射止めたかったら
回り道をすることよ
ミスター・シェード　すばらしい
アレクサンドラ　つまり、率直に言えば
あなたの魅力は人殺しだってやりかねない雰囲気からきてるってことね

女が一瞬だけ舞台上に現れる。

女　リヒャルト？

女はふたたび消える。

ミスター・シェード　私は、マネキン人形を設計してるんです
私のモデルになってくださる気はありませんか
アレクサンドラ　あなたをバルコニーから突き落とす気ならあるわ
ミスター・シェード　私からはそう簡単に逃れられませんよ

ルートとリヒャルトがバルコニーに登場。

ルート　さあ、今よ
リヒャルト　頼むから、やめてくれよ
ルート　さあ、早く。なに躊躇しているの

二人は急に押し黙る。

ミスター・シェード 私は基本的に生身の人間をモデルにしています
これが名刺です、どうぞ
もしお考えが変わったなら、こちらに

アレクサンドラ 病理学者と書いてあるじゃない

ミスター・シェード それは生活のための仕事にすぎません
マネキンづくりが私の天職なのです

精神とボディビルディング　その一

ルートとリヒャルト。

ルート　待ってんのよ
リヒャルト　でもこんな人前じゃいやだよ
ルート　説明しなさいよ
説明が必要なの
説明してくれるまでは、中に戻らないから
リヒャルト　説明なんかないよ
ルート　（叫ぶ）なら、でっち上げなさいよ
リヒャルト　分かった、分かったよ

しばしの間。

リヒャルト　つまり

ルート　で

リヒャルト　つまり
ぼくはもっとマシな人間になるように努める
この人生で一度は君と同じようないい人間になれるように
全力を傾ける

ルート　お笑い種だわ

リヒャルト　本気だよ。全力でがんばるから
ひたすら努力する。だって、ぼくは
君にふさわしい人間になりたいんだ

ルート　ぬけぬけとそんなことが言えるなんて、信じられない

リヒャルト　君はとても美しい
なんでそんなに美しくなれるんだろう

君だって今の自分の姿を見たら、訳が知りたくなるだろう

ルート　それで

リヒャルト　君には想像できないだろうな。君のような完璧な人間に生まれなかった者にとって、そんな君とつり合うためにはプロスポーツ選手並の能力が必要だなんて

ルート　（笑う）

リヒャルト　君からすれば、ぼくの肩は角ばりすぎているか
それとも、首は太すぎなんだろう
どういうぼくがいいか、言ってくれ
たとえば胸は逆三角形のほうがいいかい
それともすべて行きすぎだろうか
分かってもらえないかもしれないが、ぼくはただ
君を侮辱する存在にはなりたくないんだ
非の打ち所のない人間になりたいのさ

ルート　あなたって、ほんとうに最低だわ

リヒャルト　分かってるよ

ルート　不快で下品な最低の男よ

リヒャルト　才能のなさは言うまでもなく

体格も、性格も

ぼくのすべてが

君にふさわしくないんだ

唯一……

ルート　なにが言いたいの

リヒャルト　唯一、最低レベルにいるぼくの中で

君の域にまで達しているのは

この意志だと思う

努力の末に

君に笑い飛ばされない

人間になろうという

ぼくの強靭な意志さ

ルート　どうして彼女とやったのよ

リヒャルト　君は美しい

たとえ君が醜くなろうとしても、君は美しいんだ

ルート　彼女とやったんでしょ

リヒャルト　それは否定しない

ルート　どうしてなの

リヒャルト　君のあまりの美しさに絶望してるからだ

ルート　何ですって

リヒャルト　ほら、君の背後に冷たい影が落ちてる

二人は影を見つめる。

ルート　キスして

リヒャルト　すぐにでも

インタビュー

ジモーネが登場。つづいて女性ジャーナリストが録音機材をかかえて登場。
ルートとリヒャルトは抱擁し合っている。

ジモーネ　ラジオよね
ジャーナリスト　何ですって
ジモーネ　ラジオ放送用なんでしょ
ジャーナリスト　長くはかかりません
ジモーネ　周囲の雑音は

ルートがリヒャルトを叩く。

ジャーナリスト　もう大丈夫です
ジモーネ　活字になるのなら、秘書に手直しさせなきゃならないわ
ジャーナリスト　生録を少し使うだけです
お時間を作ってくださって、ありがとうございます
ジモーネ　こちらこそ
ジャーナリスト　最初にごく手短かな総括をお願いできますか
今年の春の当選で生活はどう変わりましたか

リヒャルトがルートを叩き返す。

ジモーネ　そうですね、総括はまだ早すぎるでしょうが
現職に就いたときに分かっていたことは
期待が……
ジャーナリスト　すみません、それについてはもうお話になっていますね
ジモーネ　何ですって

ジャーナリスト　あなたに対する期待が大きいということでしたね
その期待になにをもって応えようとなさっているのでしょう
ジモーネ　そこに頑張りがいがあるということです
相変わらず私は、積極的に挑戦しつづけています

ルートがリヒャルトを蹴る。

ジャーナリスト　具体的にはどうなんです、朝お目覚めのとき
なにを
ジモーネ　なにって
ジャーナリスト　起きて最初になさることは
ジモーネ　いろいろです
たいていは自分に問いかけます
今日はなにが重要になるのか
なにが大切なのかって

ジャーナリスト　それで
ジモーネ　大切なことから目を離さないように努めます
ジャーナリスト　失礼ですが
それでは今朝はなにを

リヒャルトがルートを蹴る。

ジモーネ　党内問題です
でも解決すべきことは
解決しました
ジャーナリスト　ときには寝返りを打ちたくなるようなことはありませんか
ジモーネ　どういうこと
ジャーナリスト　つまり、ときには目覚まし時計を止めて
反対側へ寝返りを打ちたくなりませんか
ジモーネ　あなたこの質問、男性にもするの

ルートがリヒャルトを床に叩きのめす。

ジャーナリスト　ええと、それは……男性によりますね

ジモーネ　私は現実逃避型の人間ではありません
女のほうが自然法則にしたがえばか弱い存在だから
男よりも守られるべきだというように女性を見る見方には抵抗します
いざとなれば、女のほうが男よりも勇敢なことが多いんです

ジャーナリスト　そう思われますか

リヒャルトがルートを引きずり倒す。

ジモーネ　誤解してもらいたくないのですが
私はここでフェミニズムの全面戦線を開くつもりはありません
でも政治に不可欠なのは

人間の現実と対決し
選挙民の願いをちゃんと理解できる人間です
そしてそれには……

ジャーナリスト 同じ発言を、これまでどれくらい繰り返してこられました

ジモーネ 繰り返したからといって、主張が間違いになるわけじゃないでしょ

リヒャルトとルートの押さえ気味の叫び声。

ジャーナリスト 夢はごらんにならないのですか

ジモーネ 私の見る夢で関心があるのは実現可能かどうかということね

ジャーナリスト 当選後、生活が一変したと、さきほどおっしゃいましたね
あなた自身だいぶ鍛えられたと思われますか

ジモーネ どうやって日々を切り抜けてるのかって、よく聞かれます
でも、こういうことって一朝一夕に出来るようになるものじゃありません
さまざまなプレッシャーを受けながら成長していくんです

ジャーナリスト　ご自分を鼓舞なさりたいという発言に聞こえます

ジモーネ　もちろんストレスになる状況はあります
でもだんだん大切なことを見抜けるようになるんです
どんな状況でも知っておかなくてはいけないのは……

ジャーナリスト　それでは最後の……

ジモーネ　なにが重要かということです
それが分かっていればどんな難局も克服できます
無駄なことにかかずらっている人は、失敗します

ルートはバルコニーの手摺りに登る。
一瞬彼女が勝者となったようにみえる。

ジャーナリスト　最後の質問です
政界はあいかわらず男の領域です
あなたは男たちに大きな力を振るえる数少ない女性のひとりです

それについてどう感じておられますか

ジモーネ　基本的に二つのことが問題になると思います
ひとつは権力です。政治権力はよく話題に上ります
たぶんつぎのような想像が働いているのではないでしょうか
権力者は、男であれ女であれ、どんと座ったまま
あれがいい、これがいいと勝手に決めるというのです。でもそれは違います

ルートはふたたび手摺りから引きずりおろされ、ルートとリヒャルトの争いはつづく。

ジモーネ　民主主義国家では、権力は民主主義政党に
期限つきで貸与されるにすぎないのです

ジャーナリスト　それを残念だと思われますか

ジモーネ　しかもいかなる権力の行使も
選挙民、オンブズマン、とりわけマスコミといった機関によって

コントロールされています
私が行使している権力とは、責任です
われわれは自分のためでなく
他の人たちの代わりに決断をしているのです
しかもわれわれは、決断の成果が問われることになります

ジャーナリスト 分かります、そのとおりです
でもあなたが女性であるがゆえに、しばしば
男の部下たちに足を引っ張られはしませんか。たとえばあなたが……

ジモーネ 男の部下じゃなくって、男の同僚のことね……

ジャーナリスト そう、同僚でもいいです。たとえばあなたが……

ジモーネ いいえ、この点が大事なんですけど、つまりわれわれが
こんなに巨大な権力機構を動かすには、チームワークによるしかないのです
互いが協力しあう雰囲気づくりが大事なのです

ジャーナリスト そうですね、でも問題は、葛藤が起きたときに誰が決定するかでしょう

ジモーネ 葛藤が生じたときは、よりすぐれた議論をした者が勝ちます

リヒャルトが争いから立ち上がり、手摺りにもたれる。
傷口から血がにじんでいるものの、顔に微笑を浮かべている。

ジャーナリスト 理性の力って、すばらしいし、結構なものです

でも利害が激しく対立したときは、どうなるか……

ジモーネ 政治家としてわれわれは、つねに相反する利害に関わらなくてはいけません

だからこそ重要なのは、われわれが……

ジャーナリスト 口を挟むようですが、あなたは女性なのに

主語に男性形の代名詞を頻繁にお使いですね

ジモーネ いいですか、フォークトレンダーさん

私がドイツ語を作ったのではありません。私はドイツ語を使っているだけです

だからそのような難癖はやめてもらえませんか

ジャーナリスト ご忠告どうも

締めくくりにふさわしいご発言かと思います

どうもありがとうございました

リヒャルトは急所に一発喰らい、ふたたびかがみ込む。

ジモーネ どういたしまして

ジャーナリスト それでは失礼します

このインタビューは今日中に編集します

ジモーネ 放送予定日を事務所に伝えていただけませんか

秘書が基本的にすべてを把握していないといけないので

ジャーナリスト 分かってます、分かってます

それでは

ジモーネ さようなら

ジャーナリスト ああ、あのう、個人的な関心からお聞きしたいことなんですけど

女性と男性じゃ、どちらのほうとうまく付き合えますか

ジモーネ それは女性次第ね

ジャーナリスト　でも、一般論としては

ジモーネ　一般論でいえば、私は

ジェンダーや宗教や価値観で人を差別することはありません

ジャーナリスト　すばらしい

もう一度おっしゃっていただけますか

ええと、何ておっしゃったんでしたっけ

ジャーナリストはジモーネに再度マイクを差し出す。ジモーネは女性ジャーナリストを見つめる。孤軍奮闘男がわずかの間バルコニーに登場する。

孤軍奮闘男　やっと一人きりになれた

おっと、これは失礼

孤軍奮闘男、退場。

ジャーナリスト　あなたのおっしゃったのは……
　　　　すみませんが、もう一度
ジモーネ　私は憲法に記されていないことは一言も言っていませんよ
ジャーナリスト　すばらしい
　　　　今度はもっと時間をかけてお話を伺いたいですね
　　　　特集か対談の形式で
　　　　男性的な女性であるあなたに関して
　　　　そしてジェンダー闘争に関してもぜひお話がしてみたいです
ジモーネ　もう帰らないといけないのでは
ジャーナリスト　それではまた
ジモーネ　私とアポをとる方法はご存じね

ジャーナリスト退場。ルートとリヒャルトは床に横たわったまま動かない。ジモーネはしばし二人を観察すると、携帯電話を無造作に取り出し、電話をかける。

ジモーネ　売女！

ジモーネは携帯電話をしまう。誰かがやってくる。

男同士　その二

空耳男と前場の者たち

空耳男　失礼します
声が聞こえましたが
大丈夫ですか
ジモーネ　大丈夫です
空耳男　本当に
ルート　ええ
リヒャルト　ああ

ジモーネ、退場。

空耳男　リュディガーじゃないか

空耳男は横たわるリヒャルトに歩み寄ってかがみ込む。

空耳男　すみません
人違いでした
声が聞こえたもので……
どうかお構いなく、そのままでいてください

空耳男は手摺りにもたれて立ち、思案に耽りながら下に唾を吐く。

空耳男　いろんな声が聞こえたって
複数形を使ったが許してほしい
嘘をつくほかなかったんだ

ああ、ああ、堪えられない
何年もたって、君はなんと軽くなったことか
ぼくは「のように」っていう言葉が好きだ
草原を撫でる暖かな風のように
木陰で浅い午睡についたときの
空まで届きそうな
葉のさやぎのように
ところで、もし助けが必要なら
臆することはありませんよ。私は酸いも甘いもかみ分けてきた男です

男が慌しく登場。リュディガーなのか。

リュディガー さあ、ついに会えたようだ
空耳男 リュディガー、ようやく着いたんだ
リュディガー 大変だったよ

空耳男　なつかしいな
リュディガー　あれからどれくらいたったんだ
空耳男　さかのぼること
たいへんな年月だ
リュディガー　最後に会ったのは、えーと、待てよ
空耳男　そうだ。でも厳密にいえば、ぼくらはあのときほとんど……
リュディガー　ほとんどどころか全然だ。ぼくらはただ……
ちがうか
空耳男　厳密にいえば、ちがうな
リュディガー　そうだったな
空耳男　でも一方じゃ
リュディガー　なあ
昔の話はやめにしよう

二人は笑う。ルートが退場する。

リュディガー　なあ、君、ぼくは嬉しいよ
君には想像できないだろう、ぼくがどれくらい……

空耳男　ぼくだって同じ、同じ

リュディガー　いや、まったく、奇遇だ
元気なのか
それとも、もう聞いたんだっけ

空耳男　元気、元気

リュディガー　見れば分かるよ

空耳男　なにが

リュディガー　君が見るからに元気そうってことだ

空耳男　君もだ、君も
一日だって年をとってないよ

リュディガー　まだあの床屋に通ってるんだ

二人は笑う。リヒャルトが退場する。

リュディガー　奥さんは、相変わらずか
空耳男　死んだんだ
リュディガー　それは、気の毒に
空耳男　ありがとう
リュディガー　なんて痛ましい
空耳男　もう平気だ
リュディガー　気丈に耐えてるんだな
空耳男　慣れるものだよ
リュディガー　そう聞いて安心した
空耳男　十年って長いな
リュディガー　おい、それで
君は考えなかったのか
空耳男　なにを

リュディガー　つまり、その
空耳男　そろそろ別の女のために彼女を捨てるってことをか
リュディガー　そう……だな
空耳男　それはなかった
リュディガー　そう思ったのは、十年って
死別せずに連れ添ってる妻にさえ長いからさ
空耳男　ぼくらにも危機はあった、でもそれは違う
ぼくらの関係は最近
とても良好な展開を遂げているんだよ
リュディガー　それは……よかったな
空耳男　それどころか
幸せとさえ言えるかもしれない
リュディガー　それも……なによりな話だ

理想のカップルが踊りながら登場。リュディガーは傍観する。

空耳男　決して確信をいだいてはいけない。それが奥義だ
男女の仲で確信したら、痛い目に合う
リュディガー　なるほど一理ありそうだ
空耳男　ぼくはというとやや気楽に流れる傾向がある
リュディガー　そうでもないだろう
空耳男　彼女はそう思ってる
リュディガー　いや、彼女は君を理解してる
ぼくは君に同意できないな
空耳男　でも、一方で
油断は禁物だとさ
リュディガー　そりゃ彼女の言うとおりだ。まさにそのとおり
空耳男　決してうまくいかないもんだと
リュディガー　そういうもんだよな
空耳男　順調だと考えていると、青天から霹靂が、ピカ

リュディガー　ピカ。まさにそう
空耳男　完全に不意をつかれる
リュディガー　ピカ、ピカ、ピカ
空耳男　ことさら騒ぎ立てるのはやめにしよう
リュディガー　さあ、出よう
ここは耐えられない

リュディガーは空耳男をバルコニーの出入り口へ押していく。空耳男は、幻聴のアンテナをたたむことにやや抵抗する。理想のカップルが立っている。

空耳男　で、君は
リュディガー　聞かないでくれ
空耳男　プライベートか、仕事か
リュディガー　言っとくが
ピカだ、それだけさ

空耳男　クビになったのか

リュディガー　いま離婚協議中の

連れ合いは

これまでの女たち以上に酷かった。言えるのは

君のほうがよっぽど幸せだということだ

リュディガーと空耳男はバルコニー出入り口のドアの向こうで立ち止まる。
二人のシルエットしか見えなくなる。会話は声だけでつづけられる。

理想のカップルの女　あの人はもういないの

理想のカップルの男　ああ

理想のカップル、組み手を離す。

理想のカップルの男　本当は美しい晩なんだが

理想のカップルの女　来てる人間が悪いんだわ

リュディガー　（声）ひどいもんだ
修羅場だよ

空耳男　（声）分かるよ

理想のカップルの男　あこがれ

リュディガー　（声）悪いが、分かるわけがないよ
あいつは単にどうしようもない性悪女なんだ

理想のカップルの女　偏頭痛だわ

空耳男　（声）君の言いたいことは分かる……

理想のカップルの男　偏頭痛じゃどうしようもない

リュディガー　（声）いや、性悪女じゃ言い足りないな
すれっからしで、陰険で、打算的で
要するに徹底して残虐な性悪女は何て呼べばいいんだ

空耳男　（声）山羊女

リュディガー　（声）ちがう、ちがう、えーと

空耳男　（声）雌犬
理想のカップルの男　誰もがこんなストーリーを持ち合わせているっていうのは、残念だ
リュディガー　（声）ばかな
空耳男　（声）畜生
リュディガー　（声）その線だけど、でももう一声
理想のカップルの男　ストーリーなど持ち合わせない君をずっと愛してきた
空耳男　（声）竜女、牝馬、海胆《ウニ》女
リュディガー　（声）けだもの、そう
あいつは正真正銘のけだものだ
空耳男　（声）そうか
理想のカップルの女　行きましょう

理想のカップルの女が退場。男が後につづく。リュディガーがバルコニーに勢いよく登場し、後に空耳男がつづく。リュディガーの涙腺が緩んでいる。

空耳男　いいか
今どんなに辛くても、いいか、ぼくを信じるんだ
リュディガー　怒り心頭なんだ、ぼくは……
あの女ぼくになにをしでかしたと思う
空耳男　時がたてば忘れるさ
リュディガー　ぼくは……そうだな
ぼくはむかしは陽気なタイプだった
空耳男　またそうなるよ
リュディガー　そう思えない
空耳男　ひねくれるなよ
リュディガー　頭に来てるんだ
空耳男　頭に来てるのか
リュディガー　ぼくは……
ぼくは怒りの塊だ
朝目覚めれば、怒りだ

好きなときにいつでも訊いてくれ
ぼくはいつも怒ってるから

空耳男 で彼女は

リュディガー 誰のこと

空耳男 別れた相手だ

リュディガー 知るもんか

空耳男 彼女と話し合ったのか

リュディガー あんなクソと話すもんか

空耳男 本当に怒ってるんだな

リュディガー 怒ってるとも
ぼくは、ぼくは、あいつを殺すことだってできるんだ
でも、あいつは接触禁止命令をとりつけやがった

リュディガー、泣きだすが笑っているようにもみえる。

リュディガー 不思議だ
なんだか気分が良くなってきた
空耳男 もっと笑えよ
リュディガー 君と話してたら、気分が良くなってきた
空耳男 さあ、もっと
リュディガー これほど笑ったのはほんとに久しぶりだ

沈黙。

空耳男 これからは日本式に振る舞え
日本式の節度をわきまえるんだ

沈黙。

リュディガー なんで女たちとはこんな風に話ができないんだろう

空耳男　しまった、もうこんな時間だ

リュディガー　なぜ男女のあいだではこういう会話が
成立しないのか、誰か教えてくれないかな

空耳男　十二時に家に戻る約束だったんだ

リュディガー　分かったよ
ぼくの四十五年の人生は、別れの繰り返しだ
ぼくはもう平気だ

空耳男　「死が汝たちを分かつまで」という説教を聞かされるが
君の場合は逆で、死ぬまで別れつづけだな
また会おう

リュディガー　そうだな。よろしく伝えてくれ……

空耳男　この袖の中の
妻に君からよろしくって言っておく
彼女はこの袖の中に入り込んだんだ

空耳男は、袖の中の声を追って退場。リュディガーは傍観する。孤軍奮闘男が食べ物をたくさん載せた皿を手にして登場。

速度

孤軍奮闘男　お願いです
私と話をしている振りをしてくれませんか
リュディガー　（孤軍奮闘男を見つめる）
孤軍奮闘男　本当にひどい話ですよ
セレブなんだから仕方がないとは言っても、二時間も
立食テーブルの前に立って、握手しつづけてて
全然食事にありつけないんです
すみません、食べながらしゃべってしまって……
リュディガー　どなたか、存じ上げないのですが
孤軍奮闘男　はじめまして
なにか耳寄りなことってあります

リュディガー　そうですね
孤軍奮闘男　話してくださいな
なにか言ってください。私はおなかがすいて……
リュディガー　六月ですね
まるでその……
孤軍奮闘男　どうか、つづけてください、さあ
リュディガー　百年に一度の夏がやってきそうです
孤軍奮闘男　申し訳ないですが
話し込んでいるように見えなきゃいけません
さもないとすぐに誰かが近づいてきて私を連れていってしまいます
私を独り占めにしてください
リュディガー　六月ですね
孤軍奮闘男　それで
リュディガー　妻に出て行かれました
最悪なのは、それによって

なにも変わらなかったことです

孤軍奮闘男　ほう

リュディガー　私に唯一欠けているのは
良心の呵責でしょう
夜遅くまで起きていると

孤軍奮闘男　とにかくしゃべってください

私は全然聞いてませんから

リュディガー　会社では皆私を嫌ってます
私がオフィスに最初に来て最後に帰るからです
でも最近はなんだかそれもおもしろくなくなりました

孤軍奮闘男　そう

リュディガー　ええ

孤軍奮闘男　ほう、そうなんだ

リュディガー　つまり、私的に抵抗する意義が
なくなってしまったからです、分かっていただけるかどうか

孤軍奮闘男 それで

リュディガー 妻が寝てしまった後に帰宅し

目覚める前に出社するのを

楽しんでいたんですよ

孤軍奮闘男 そうなんですか

もう少し長い話をしてくれませんか

リュディガー そうじゃないとこうしてむさぼりすぎてしまい、体にこたえます

このあいだメッセ会場で仕事をしてたら

父が死んだという電話が入りましてね

ちょうど商談の最中だったので

すぐには何の話か分かりませんでした

家の整理とか……

孤軍奮闘男 フム

リュディガー 身内のために家の整理をしたことがありますか

とつぜんテレビ三台と向かい合うことになるんですよ

いろんな時代に買われたテレビです
テレフンケン製の最新型もありました。一・四〇×一メートルの大きさで
薄型スクリーン、テレビゲームとインタラクティブ・ソフト付きです

孤軍奮闘男　フムフム

リュディガー　そういうテレビはいかにも独身者向きです
でも、眠れない長い夜、自分の父親がその前で死んだテレビの前に
座りたいなんて思いますか

孤軍奮闘男　フムフム、フムフム

リュディガー　それとも洗濯機の話でも……
親父には金を送りすぎました
ジーメンス製のハイエンド・モデルで、節水モジュールと
全自動の手洗いコース付きのやつなんですが
親父ときたら一度も使いませんでした
取り付け工事すらしてなかったんです
親父は小遣いを全部隣の

クリーニング屋につぎ込んだんです
今あの洗濯機を売っても
元値の半分も戻ってこないでしょう
親父はあの痛風の指で靴下一足すら洗濯ドラムから
取り出さなかった、だから新品同様です

孤軍奮闘男　フム、で家具は

リュディガー　家具はとは

孤軍奮闘男　家具もあるんですか

リュディガー　そんなものに興味がおありですか
ベッド、戸棚、書物机、どれも皆動かせません
家具も、家そのものも、数十年間まったく動かされてないんです
斧で叩き割りたいって気になります

孤軍奮闘男　そんな

リュディガー　家具って、一緒にいる人間に染まってしまうんですよ
家具にはいつもなにか、体の一部みたいなところがあります

あのがらくたを一度ご覧になってください
どれもかすかながら老人の臭いがします

孤軍奮闘男　注意して聞いてください
これから、私がこの紙に数字を書きます
そしたらあなたはあらゆる心配から解放されるんです

孤軍奮闘男は書き、リュディガーは読む。

リュディガー　斧を振り回せるときがくるのを
本当に楽しみにしてたんですよ

孤軍奮闘男　上乗せします

もう一度書く。

これが最後ですよ

リュディガー　生前の父親より死んだ父親と関わるほうが多いなんて
不思議じゃありませんか
孤軍奮闘男　誤解があるといけないから言っておきますが
テレビと洗濯機も含めてですからね
リュディガー　はいはい
孤軍奮闘男　同意してくださいよ

バルコニーが壊れ落ちそうなくらい大きな音がする。

リュディガー　いったい何です
孤軍奮闘男　私の胃です。たいしたことじゃありません
リュディガー　オーケー

二人は握手をする。孤軍奮闘男はちょっと食べ物を吐く。

孤軍奮闘男　げっぷが出たんです
リュディガー　気分が良くないんですか
別の話をしましょうか
このあいだ私の名親の伯母がドブにはまって大怪我をしましてね
複雑骨折です。それ以来……
孤軍奮闘男　いやいや、もう結構です
リュディガー　たまたまレントゲン写真を持ち合わせてるんです
正直言って、あまり良くないようなんです
孤軍奮闘男　久しぶりに有意義な話ができました
リュディガー　でも、さっきの話に興味を示す人はほかにもいるんですよ
孤軍奮闘男　それなら一緒に来てください。中にアタッシュケースをおいてきてあります

パーティ三昧（集団テロ　その二）

パーティ客。

イェーイ
イェイイェーイ
すごいね
年がら年中パーティ
イェーイ
いい気分ね
本当にいい気分
キスして
このシューズはだめ

一日半も寝だめしたのよ
今夜のために
ねえ、キスして
すごいね
そうだね
まったく
私心配だったの。私たち今日満足できないんじゃないかって
これって、こういう気持ちって分かるか
君は今、全力で
ありのままの自分になろうとしてるんだ
イエーイ
イエイイエーイ
私、もし今ここにいられなかったら
嫉妬のあまり死んでしまうと思うの
でも、ちゃんと生きてるじゃないか、ベイビー

ものすごくちゃんと生きてるわ
人生万歳
イェーイ
イェイイェーイ
すごいね
私たち、ずっとこのままでいたいね
ぼくらはいたいところにいる
ぼくらはなりたい自分になった
ぼくらはなりたい職に就いてる
ぼくらは信じられないようなことを
やりとげた
今が実際そういう瞬間なのね
そうだよ
まったく
ご列席の皆様

レイディズ・アンド・ジェントルメン
かしこまった挨拶をするつもりはありませんが
これぞパーティです
イエーイ
イェイイエーイ
幸せすぎて泣きたいくらい。私たち最高だわ
皆さん、お耳を拝借
提案があります
友情の杯を交し合いましょう
イェイイエイイイエーイ
皆の健康と
変わらぬ友情に乾杯
オー　イエーイ
最高だ
刎頚の交わりに

乾杯
こんなときは二度と来ないわ
すごいな
ねえ、私
今日の私に
一生嫉妬しつづけると思うわ
刎頚の交わりに
キスして
君は裸足だぜ
あらまあ
もっとディープなキスをして
そうだな
まったくね
すごいな
信じられない

おっと、気をつけて
突然すごく泣きたくなっちゃった

ロミオとジュリエット（精神と身体《ボディ》　その二）

ルートとリヒャルトは仮面をつけて登場。彼らにつづいて別の仮面の者たちも現れる。

ルート　さあ、早く来て
ここに来てよ、あなた

リヒャルト　ひょっとしたらぼくはこの世で唯一無二の男かもしれない
というのも、一夜限りの愛というのを一度も経験したことがないんだ

ルート　これ以上美しいものがあるとしたら、それは死だけよ

手摺りのところで戯れる。

リヒャルト　やめろよ
ルート　あなたはなにもしなくていいの、ただ
なるがままに身をまかせていればいいのよ
リヒャルト　フーン
ルート　なにか願いごとをしてもいいのよ
私が善い妖精でありますようにとか
悪い妖精でありますようにとか
あなたの好きなように
リヒャルト　ねえ君、ぼくは……
ルート　ほら、分別を失うって
すばらしいことでしょ
リヒャルト　すばらしくなんかない
ルート　すばらしいわ
リヒャルト　ちがうな、ぼくにはあまりに
過激な一対一の対立に思えるんだ

ルート　神様も今宵かぎりは見逃してくれるわ
リヒャルト　そうあってもらいたいけど
ルート　さあ、この世は盲目で耳も聞こえないって
想像して、そして
私を見つめるのよ、ロミオ
私にもう二度と会えないって覚悟して、私をしっかり見つめなきゃだめ

仮面の者たちが拍手喝采する。

ルート　さあ、それじゃ
私をまなざしで愛するのよ
リヒャルト　ねえ君、ぼくは……
ルート　シーッ
あなた、雪の香りがするわ
バニラみたいな雪の香り

リヒャルト　ひげを剃ったばかりだからね

ルート　（リヒャルトの髪を噛む）フーン、眠りの香りね

リヒャルト　どうしてぼくらはごくふつうのカップルと同じようにしてはいけないんだ

仮面の者たちが笑う。

ルート　離してよ

私をつかまないで

リヒャルト　そういうことか

仮面の者たちがどんどん近づいてくる。

ルート　彼らはなにもしないわ

身体。

リヒャルト　ぼくは誘惑者のタイプじゃない
そうなるためには、ドン・ジョヴァンニがそなえてるような
コレクターの才能が足りないんだ
なにせ「スペインでは一〇〇三人」だもんな
でもドン・ジョヴァンニはなにかを得たことがあったんだろうか
あの女たちって、みんな知り合ったばかりの他人だろ
ぼくは基本的には一夫一婦制の信奉者だ

リヒャルトはますますもみくちゃにされる。

リヒャルト　君たちが尋ねるんなら答えるけど、新しいものの魅力はいつだって
なじみのものの魅力より劣るというのがぼくの感想さ
ルート　だまってちょうだい
リヒャルト　目の前にいる女たちは別だがね

ルート　何ですって

リヒャルト　つまり、一度はただぼくの肉体ゆえに愛されたなら
外見と、上辺だけになれたなら
とても面白い体験だろうなって思うんだ
でも長い目でみれば、そんな刹那的な生き方って……
あ、どうなったんだ

ルートは仮面をとる。仮面の者たちが消えうせる。

ルート　あなたって、疲れるわ

リヒャルト　でも、ぼくが言いたかったのは単に……

ルート　今、何時

リヒャルト　また確認しろっていうのか

ルート　あなたは、他人に疲労を振りまくタイプ
ときおり思うの、私、あなたに逢いにくるときは葡萄の房だったのに

帰るときは干し葡萄になってるって

リヒャルト　それはまったくの初耳だ

ルート　あなたは夜の半分
カラスの足[★2]で私の顔の上を歩き回って
私の肌に自分の足跡を刻み込んだんだわ
ほら、このしわはみんなあなたのせいよ

リヒャルト　わるいけど、それは君の提案だったんだぜ

ルート　一夜かぎりの愉しみを味わった後はいつも
ひとりで眠りたいという欲求が沸いてくるの
でも今は愛撫の前段階で眠気に襲われちゃった

リヒャルト　ルート、侮辱するのかよ

ルート　侮辱じゃ足りないわ。私は死んだも同然なのよ

リヒャルト　ぼくがここで愉しめてるとでも思ってるのか
晩に自由な時間がもてたのは三週間半ぶりなんだぞ
ぼくはここでおおぜいの人間と一緒だが、誰とも

話す必要がない
だからのんびりできると思っていたのに、愉しむだなんてとんでもない

ルート　へーえ

リヒャルト　なにかおかしいか
のんびりしちゃいけないのか
大便や小便の欲求は満たしても
誰もそれについて語りはしない。そんなこととんでもないからだ
いいか、四六時中、人の話を聞くだけで
自分は本当はなにをしたいのかという問いを
生涯後回しにしていたら
たまにはのんびりとしなくちゃいけないいんだ
ぼくはいまは救済なんておおげさなことは言わない、でも
休みたいんだ、いいかげんほっといてもらいたい
二時間でもどこかにひとりで座れれば
きっと……

ルート　いま誰か男の人が来て、私の額にキスをして
言ってくれなきゃ。「愛しい人、びっくりしないで
君は眠りを中断され、見ていた夢を忘れてしまっただけなんだ」って

皆バルコニーから立ち去る。ウェイターだけが残っている。

ウェイター　すみません
ひとこと直接
コメントさせていただきたいんですが
ここでは、まずもって
社会ならびに経済問題をとりあげるべきでしょう
でもそれでもっておふたりを退屈させることのないように
いますぐ要件だけを手短に
述べさせていただくことにします
私は失業中のホームレスです

そこでおふたりに社会的な問題を提起したいと思います
小銭をお持ち合わせになっておられるでしょうか
内容はともあれ、きっとお返事をいただけるものと期待して
うやうやしくお辞儀をさせていただく次第です
どうか奥様にもよろしくおつたえください
お目にかかれて光栄でした

ウェイターはお辞儀しつつ退場。
ルートとリヒャルトは遠ざかるウェイターを見送る。

リヒャルト　ルート、ここを出よう

ルートは退場する。

リヒャルト　おい、どういうつもりだ

待ってくれよ

リヒャルトはルートの後を追いかけようとするものの、考え直す。

リヒャルト　ぼくはひとりきり
ひとりぼっちだ
今晩ぼくはこの瞬間を
ずっと待ちつづけていたんだ
でも、思い描いていたのとは違うな

リヒャルトは退場しようとふたたび歩き出すが、自分の影から逃れようとする女と鉢合わせになる。

昔の友達（もう一つの再会）

リヒャルト、アレクサンドラとその影。

アレクサンドラ　リヒャルト
リヒャルト　アレックスか、アレクサンドラなんだね
アレクサンドラ　あなたなのね
信じられないわ
リヒャルト　顔を見て、そうじゃないかって思ったよ
アレクサンドラ　こんなところでなにしてるの
リヒャルト　いやね、建設会社を経営する従兄の代理で来たんだ
本当に久しぶりだ。あのとき、ぼくらは
たしか……十四歳だったね

アレクサンドラ あなたも建設会社の経営者なの
リヒャルト 社長は従兄だよ
ぼくは彼の代理にすぎない
たしか十六歳だったか。それともぼくの記憶違いかな
アレクサンドラ そうかもね。それで、なにを建てているの
リヒャルト 不動産を扱ってるんだ
アレクサンドラ 不動産
リヒャルト つまり……その……さっき言ったように
ぼくはただ……従兄の……
アレクサンドラ 代理ね
リヒャルト そう、そんな立場だ
で、君、いやつまり
君たちは……

リヒャルトはアレクサンドラの影に目配せをする。

アレクサンドラ　この人は関係ないの
リヒャルト　でも君たちは近々なにか予定しているんじゃないの
それとも……
アレクサンドラ　この人は関係ないのよ
リヒャルト　そうなの
ミスター・シェード　私は密やかな崇拝者にすぎません
アレクサンドラ　ずっとこんな調子でつきまとってるの
リヒャルト　君を困らせているのかい
アレクサンドラ　困らせる、というほどじゃないけど
靴にこびりついたうんちみたいなのよ
リヒャルト　そこの方、顔見知りではありませんが
お願いですから、この人をそっとしてあげてください
今日も大変な一日を終えて、ひょっとしたら数週間振りに
自由な夜を過ごしているのかもしれません。おい、いいか

この人にはほうっておいてもらう権利があるんだよ
分かったか

影は微笑んで立っている。

アレクサンドラ どんなに言葉を荒げても
効き目はなかったわ

リヒャルト そうか、でもこのままじゃいけない

アレクサンドラ 一番いいのは、ほうっておくことよ
のど渇いてる

リヒャルト いや

アレクサンドラ あなた、ほんとうは一人でいたいんじゃない

リヒャルト いや、ぜんぜん
君は、ここで出会った最初のまともな人間だよ

アレクサンドラ そう言ってくれて嬉しいわ

影が嬉しそうな仕草をする。

リヒャルト　あなたに言ったんじゃない

しばしの間。

リヒャルト　君はすぐにぼくだって分かったんだね
アレクサンドラ　もちろんよ
リヒャルト　どこで見分けたの
アレクサンドラ　あなたの
目と口と額よ
リヒャルト　ぼくはぼくに似てたんだね
アレクサンドラ　前より背が小さくなったみたいだけど、それ以外は
リヒャルト　とするとぼくは、自分で思ってるほど変わっちゃいないんだ

アレクサンドラ　そうよ

しばしの間。

リヒャルト　でもそれって、つまり
君はひと目でぼくが誰か分かったけれど、ぼくは
いつも自分と関わっているのに、なにも見つけられないって
ことだよな。アレクサンドラ、これってひどい話だよ

アレクサンドラ　そうね

リヒャルト　君は君を見失ったら
どうする

アレクサンドラ　鏡の中を覗き込む

リヒャルト　見つかると思うのかい

しばしの間。

リヒャルト　ねえ
ときおりなにかを失ったんじゃないかっていう気がするんだ
そのなにかなんて元々持ってなかったのかもしれない。でもずっと探していて
以前は、いつかきっと見つけ出せると信じていた
でもどうやら、それが信じられなくなってしまったようなのさ

アレクサンドラはあくびをする。

リヒャルト　とてもきれいな歯だ
アレクサンドラ　そんなに無理しなくてもいいんじゃない

しばしの間。

リヒャルト　ともかくぼくらはこの夜に感謝しよう

自分らしくなるために自分が誰かを知る必要はないと分かったんだから
（アレクサンドラを見つめる）今なにを考えてた

アレクサンドラ 今あなたがそう尋ねる
昔は、私がいつもそう尋ねたものよ

リヒャルト それで、なにを考えてたの

アレクサンドラ あれからどれくらい経ったのかって

しばしの間。

リヒャルト 昨日あるカップルを見かけた
二人は互いに接近し合っていた
突然、昔のぼくらを思い出したよ
二人はペンキ塗りたてのベンチに腰を下ろしたもんで
ペンキが背中にくっついたんじゃないかって
背中を確認しようと思っていたんだ……

アレクサンドラ　それって今思いついた話よね
リヒャルト　ぼくのことお見通しなんだ
アレクサンドラ　そりゃそうよ

しばしの間。それから二人は同時に口を開く。

アレクサンドラ　それじゃ……
リヒャルト　あの人は今なにを……失礼
アレクサンドラ　どうぞ
リヒャルト　なにを言いかけたのか忘れたよ
昔から話し下手で
アレクサンドラ　誰がなにをしているって、訊きたかったんじゃないの
リヒャルト　君が、そろそろほかの人たちのところへ戻らないとなんて
言い出したらいやだなって思ってたんだ
アレクサンドラ　でも、そろそろほかの人たちのところへ戻らないと

リヒャルト　残念だな

しばしの間。

アレクサンドラ　あなたのことを尊敬してたわ

リヒャルト　ぼくのことを

影がリヒャルトに注目しはじめる。

アレクサンドラ　あなたがエゴイストなのは分かってた
でもあなたには周囲の人たちみんなを
巻き込まずにおかないようなところがあったわ
私は間違ったんだと思う、あなたを
愛せなかったんですもの、私はただ
あなたみたいになりたいと思ってたの

リヒャルト　そういう話はまた別の機会にしよう
アレクサンドラ　学校の頃からあなたは
あなたはいつも考え深そうにしていることで目立ってた
ときに恥知らずなくらい口をきかないことがあった
私たちが全身を投げ出し努力して
仲間の和を維持しようとしたのに、あなたはいつも自分だけだった
素敵だった
リヒャルト　アレックス、ぼくは……
アレクサンドラ　誰かになろうとして
背伸びなんかせずに
自分らしく生きてる、あういう生き方が好きだったの
リヒャルト　君は、赤の他人が語るみたいにぼくのことを語ってる
アレクサンドラ　ひょっとして、あなたは自分が変わってることへのためらいが
他の人より小さかったんでしょうね
他人が自分をどう思っているかなんて

あまり重要じゃなかったんでしょう
そういう、何ていうか自立心があったのよ
あなたがあれほど自由なのは、いつも自分のことしか見てないからだって
気づいたのは、ずいぶん後になってからだったわ

リヒャルト そんなこと、君はぼくに言わなかった
本気で言ってるんじゃないんだろう

アレクサンドラ これは、私がずっとあなたに書こうと思ってた手紙の中の言葉よ

リヒャルト アレックス……

アレクサンドラ さよなら

リヒャルト 分かった。でも今ぼくをこんなふうにひとりに……
アレクサンドラ！

アレクサンドラ 追伸。あなたの睫毛は相変わらず長いのね

アレクサンドラは退場するが、影はその場に残る。
影はリヒャルトの脇にたたずみ、微笑む。

リヒャルトが数歩歩くと、影が後を追う。

リヒャルトが立ち止まると、影も同じように立ち止まる。

リヒャルト　なぜぼくは……

リヒャルトは影を見つめる。二人は微笑む。

影《シェード》　のどが渇きましたか

二人は一緒に退場する。

バルコニーの古典的な情景

バルコニーにはしばらくのあいだ誰もいない。

下の通りからほのかに歌声が聞こえてくる。

歌はイエスの「オーナー・オブ・ロンリー・ハート」のグレゴリオ聖歌風コーラス
歌声に誘われるかのごとく、ジモーネがバルコニーに登場する。

彼女は耳をすまし、あたりの様子をうかがう。ためらいつつも踊ろうと足を動かす。

携帯が鳴る。彼女は優雅な弧を描くように携帯を手摺りの向こうに投げる。

携帯が落ちる音は聞こえない。一瞬、身体と音楽が完全に調和したようになる。

ジモーネは目を閉じる。やがて歌声は止むが、気にならない様子。ほかのパーティ客が現れ、ジモーネを眺める。ジモーネは目を開き、われに返る。退場しながらアレクサンドラに話しかける。

ジモーネ　私の携帯は通話停止にしておいて
それから勤務時間以外には二度と電話しないで

音楽がふたたびやさしく聞こえてくる。曲はアカペラ・コメディアン・ハーモニストが歌う「天使のハンマー」。何人かのパーティ客が手摺りにやって来て、眺める。理想のカップルが踊りながらバルコニーを通りすぎる。

理想のカップルの男　ベビーシッターがもう何時間も電話口に出ない
理想のカップルの女　もうどうでもよくなってきたわ
理想のカップルの男　君がそんなことを言うなんて、素敵だね

理想のカップルは踊りつづける。

商談　その二

孤軍奮闘男がバルコニーに駆け込んでくる。料理が載った小皿をいまだに携えて、曲芸師のような手つきでそれを扱い、手摺り越しに嘔吐する。音楽が止む。パーティの和やかな雰囲気がこわばる。

孤軍奮闘男　もう大丈夫
なんとかなりました
胃がやられて
もう平気です

ふたたび吐瀉物を吐く。

孤軍奮闘男

噛まずに呑み込んだものが
胃から出たがってるだけです
鮭の燻製だ
食べたときのままだ
ち、ちつれい
気分が良くなってきました

振り返る。

今の私、どんな様子です
社交の場にふさわしいですか
それともよだれかけが必要ですか
なにをじろじろ見てるんです
みんな、あっちで飲んで愉しんでいらっしゃい
人生は短いんだから

パーティ客たちは退場する。

孤軍奮闘男　ふん！　何だい
そんなに過敏になるなよ
おまえらはいつだってそうだった
不快だと思ってるんだろうが
そもそも不快とはなにかなんて、おまえらには分かっちゃいない
自分の手を汚したくないと思うことが、不快なんだぞ
大した人間じゃないおまえらが自分のことを大げさに言うのが、不快なんだ
げろなんて不快じゃない
おまえらが不快なんだ
げろは正直だ
げろはおれの仕事だ
おまえらはみんな、おれのげろで喰ってるんだ

おれみたいにげろを金に変える
人間がいないと
おまえらはもう生きていけないのだ
おまえらは能無しだ、おまえらは……

ラインハルトが暗がりから現れ、明るい場所に立つ。亡霊同然の姿である。

ラインハルト　君と話をしなきゃならない
孤軍奮闘男　びっくりするじゃないか
ラインハルト　あいつ君と話をしたのか
孤軍奮闘男　まずは落ち着けよ
ラインハルト　あいつ君と話をしたんだろう
孤軍奮闘男　君の言うことは、さっぱり分からんね
ラインハルト　あいつはおれについて、何て言ったんだ

孤軍奮闘男 おいラインハルト
しっかりするんだ

ラインハルト おまえをやっつけてやる

孤軍奮闘男 おい、おい、まずは落ち着けよ
なにか食べろ
ここの食事はどれもお勧めだ。鮭の燻製を別にすればだが

ラインハルト おれを裏切りやがって

孤軍奮闘男 ぼくは、君に面と向かって言えないようなことはなにも言わなかった
ムール貝の串焼きはよく嚙んだほうがいい

ラインハルト 愚かにもおれは、おまえを信用してしまった

孤軍奮闘男 君がご立腹なのはもっともだが
ぼくらはテンポが同じじゃないんだ

ラインハルト 同じじゃないだと

孤軍奮闘男 テンポがね
正直言って、ラインハルト、君はときおりちょっと

何ていうか、とろいときがあるんだよ

ラインハルト　よくもいけしゃあしゃあと

孤軍奮闘男　ラインハルト、ぼくは君が好きだ。君は本当の仲間だ

いまどき君のような人間は貴重だよ

だが、ビジネスの立場からすれば、君はときどきあまりに

慎重になりすぎる（ラインハルトに皿を差し出す）

ちょっとつまんでごらんよ

ラインハルト　でもあれはおれが取った契約だったんだぞ

だから手綱をきちんと締めなくちゃいけなかったんだ

孤軍奮闘男　「きちんと」にも程度というものがあるだろう

ラインハルト　あいつがおれに「手綱を緩めるな」と命じたんだ

孤軍奮闘男　そう、ぼくも同意見だったよ

問題は、君が事を杓子定規にとらえすぎたことにあるんだ

ラインハルト　でもおれには非難されるいわれはない

いつだってうまくやってきたんだ

孤軍奮闘男　おい、ラインハルト、それはお門違いだろう
君たちは役所じゃないんだ
君が、この件にどれほど莫大な可能性が秘められているかに
気づかなかったっていうのは

ラインハルト　おれの地位じゃ
あいつから資金をひきだせなかったんだ

孤軍奮闘男　君には説得力がない
それが問題なんだ

ラインハルト　おれの地位じゃ
そもそも最初から無理だったんだ

孤軍奮闘男　だからこそ、こうして率直に語り合えたのは良かったよ
くだらない無駄話ばかりして
決定は密かに下すようなやり方は
もう時代遅れだからね

ラインハルト　でも、委任を受けなければ

孤軍奮闘男
おれはなにもできなかったんだ
君は時代のペースについてこれないんだ
われわれの生活はある速度にいたりついたんだが
もはや、我々を止めるものはなにもないのだ
あるとしたら、経済破綻だろう
でもそれだって、どうでもいいことさ

ラインハルト
そうだけど、おれは……

孤軍奮闘男
いいか、大切なのは時間なんだ
ぼくはこうして君と話をしてると、渋滞に巻き込まれてるって感じてしまう
これは手堅いやり方じゃない
対話が加速し
契約がどんどん結ばれないといけない
ぼくらは大きな変革の瀬戸際に立ってるんだ
君がなにかを変えなければ、君が変えられてしまうしかない
非常にシンプルなのさ

ラインハルト　おれは今どこにいるのだろう

孤軍奮闘男　もし忠告してよければ

ラインハルト　ラインハルト、君は全力で走らないといけないよ
だから、おれはどういう状況にあるんだ

孤軍奮闘男　十分に
君の話は聴いた
友情という名でこれ以上要求することはできないはずだ
失敬するよ。胃がね、また腹が減ってしまったよ

ラインハルト　ここで君と腕相撲をしたくなったな

孤軍奮闘男　ラインハルト、君はブレーキになってしまう
君は、今宵のブレーキ役だ

ラインハルト　指相撲はどうだ

孤軍奮闘男　君は自分の速度を人に押しつけようとするが、それは間違いだ
他人に歩調を合わせなきゃ

ラインハルト　腕立て伏せに、走り幅跳びでもいい

孤軍奮闘男　友よ、元気でな
これ以上言うことはないよ

未知との遭遇

ラインハルトは床にうずくまり、立ち上がることができない。手摺りをつかみ、起き上がろうと試みてはいる。ひょっとしたら飛び降りたいのかもしれないが、思い通りにいかない。とつぜんラインハルトは六歳の子供同然となり、バルコニーの柵の間から顔をのぞかせて、下を眺める。やがて顔を引っ込めようとするが、首尾よくいかない。顔を柵のあいだから抜くことができない。やがてルートと空耳男がバルコニーに現れる。空耳男は自分の肘と話をしようとするが、うまくいかない。ルートは、空耳男を一心不乱に注視している。

空耳男　受信状態はここのほうがいいです

ルート　すごいことですね

で、彼女はほかにどんなこと言うんですか

空耳男　ねえ、頼むから、もう少し大きな声で……
　　　　そうそう、それなら聞こえるよ
　　　　彼女はぼくの肘の中に入り込んだんです
ルート　すごすぎる
空耳男　そりゃ耳の中にいてくれるほうが楽ですよ
　　　　でも彼女は楽なのが嫌いみたいです
　　　　近ごろは、気まぐれからぼくの踵に引っ越したこともありました
ルート　おおっと
空耳男　ほら、この足裏の拇指球のところで、そっと囁くんですけど
　　　　うーん、ぼくの体ももう柔くありませんね
ルート　彼女はあなたと二人きりで話をしたいんじゃありません
空耳男　いえいえ、彼女はほかの女性が居合わせても、気にしません
　　　　それどころか、女性たちは仲間だと思ってるんです
　　　　(肘に向かって) そうだよね
　　　　(ちょっと耳を澄ます) よろしくとのことです

ルート　私も話していいですか

（男の肘に語りかける）

もしもし、こんばんは。ルート・ヴェスカンプといいます

建築・不動産会社「ヴェスカンプ&パートナー」を経営しています

空耳男　肘の骨に直接話しかけなきゃだめですよ

ルート　もしもし、もしもし

こちらはなにも聞こえませんけど

空耳男　ははは、ははは、こりゃたまらん

すみません、くすぐったくて、ははは

ルート　こんばんは

お知り合いになれて、とても嬉しいです

あなたはこの会のなかでずば抜けて興味深い方ですわ

何とお呼びすれば……。私のことはルートと呼んでくださいね

空耳男　ハンス=ヨアヒムといいます

ルート　いいえ、あなたのことではなく……

ああ、あなたともまだご挨拶してませんでしたね。はじめまして

空耳男 友人は私をハーヨと呼んでいます

ルート (感極まったように) ハーヨさん

空耳男 はい、ど、どうも

こちらはジビレです。でも彼女みずからあなたに挨拶するはずですよ

ねえ、こちらのご婦人に、こんばんはってお言いいよ

ルート (男の肘に向かって、小声で)

私の声が騒々しく聞こえたら、お許しを!

私はあなたの生き方に魅了されているんです……

空耳男 さあ、どうか先をつづけて

ルート 私もずっとこういうのを

望んでいたんです

こういう……つながりを

空耳男 「のように」って言葉で語りかけていただけませんか

彼女、「のように」って言葉が好きなんです

ルート　「のように」ってどんな風に

空耳男　暖かな夏の日に降る雨のように
乾いた日の水の匂いのように
夢の中に閉まってある
再会を思うときのように

ルート　すてきね

空耳男　彼女に言ってあげてください
そういうつながりを

ルート　私ずっと望んでいたんです
何のように
と言えばいいのか
木と木の皮のような
体と魂
馬と……　えーと
何だったかしら、もう無理だわ

空耳男　そのままがんばって
ルート　一緒になるために生まれてきたかのように
未来永劫結ばれているかのように
えーと、あなたもご存じでしょう、何のようにか
空耳男　良かった
とても良かったです
ルート　そうかしら
言いたかったのは
二人がしっかり結ばれてて、何のようにかしら
助けてくださいな
空耳男　言葉と意味のように
ルート　そう
空耳男　源流と河口のように
潮の満ち干と月のように
ルート　それでもいいいんだけれど

でもたぶん
二人が相思相愛であることを
もっと強く訴える
表現があるんじゃないかしら

空耳男 水面を渡る風のように
小川を流れ下る光のように……

ルート ああ……

空耳男 朝凪の海面のように
肌に落ちた朝露の滴のように

ルート ちょっと行きすぎかしら……
でもやめないで

空耳男 岩を洗う寄せる波濤のように
自らを葬る波のように
船の手摺りを乗り越える水しぶきのように
ありえない言葉のかけらのように

ルート　私どうなってしまうのかしら

顔をまだ柵に挟み込まれたままのラインハルトが、助けを求める。

ラインハルト　おーい
助けてくれ
首が抜けないんだ

ラインハルトは自分が誰に助けを求めているかを確認しようと、仰向けになろうとする。でもそれが名案でないことは、六歳の子供にも分かるはずなのだが。

ルート　なんてばかげたことをしでかした人がいるんでしょう
今晩ようやくまともなお話ができたと思ったとたんに、これだもの

ラインハルト　お願いだ、助けて

ルート　出ていきなさいな

すぐに

ラインハルト 抜けられないんだ

ルート もしもし
私はあなたの問題に関わりたくありません
あなたは自分で墓穴を掘ったんです
だから自分で抜け出す努力をなさいな
恥知らずだわ

ラインハルト でも、鬱血してしまって

ルート あなた、私と話し合いをしてるって勘違いしてるようね
今から三つ数えるから。その間にここから消えるのよ、さもないと……
ねえ、あなたもなにか言ってくださいな。詩人なんですから

空耳男 彼は存在してないんです

ルート 彼は存在してない
あなたっていい人ね
あの人の情けないこと

ラインハルト　息が、息が
ルート　これじゃ、集中できないわ
空耳男　よろしかったら
このネクタイで
彼に何というか
猿ぐつわをはめることもできます
ルート　ええ、ためらう必要はないわ
空耳男　手を押さえててくれますか
ルート　安物のヒールで踏むんでよければ、喜んで
さあ、いいわよ

ルートは大またを開いてラインハルトの上に立ち、ハイヒールの踵で彼の手のひらを踏みつける。空耳男はひざまずき、ネクタイでラインハルトの口をふさぐ。

ルート　今晩初めて

風景を堪能できるわ

空耳男　大成功です。ネクタイもお似合いです

ルート　頭の上は星空よ

ほらご覧になって

空耳男　空の天幕という言葉が

まったく新しい意味を持ちました。[★3] つまり……

あなたはいつもスカートの下になにもつけずに外出なさるんですか

ルート　立ったままおしっこするときのようよ

気持ちが高まる感じ

空耳男　いま「のよう」って言いましたよ

ルート　あらほんと

私は詩的センスゼロって

思っていたんだけど

空耳男　（自分の袖に語りかける）ダーリン

ルート　なあに

空耳男　あら、ごめんなさい
ルート　（自分に向かって）ダーリン
空耳男　どうかしたんですか
ルート　彼女がいない
空耳男　そんな
ルート　（自分の体中に耳をこらしながら）彼女の声が消えてしまった
　　　　そうなるんじゃないかって思ったわ
　　　　この俗物がここで騒いだときよ……
　　　　待ってなさい

もう一度ラインハルトを踏みつける。

空耳男　どこかにいるはずです
ルート　（他人の声色で）「私はなにもしなくていいんだわ」
空耳男　いまのは何です

ルート　分からない、私のおなかから聞こえてきたわ
「あなたの頭のなかに、ふたりを容れる余地なんてないの」
私、とつぜん変になっちゃった
空耳男　どのあたりです
ルート　（自分のお腹を指差す）ここよ、胃のあたり
「ずる賢いのよ、あなたって
さあ、気取るのはやめなさい」
空耳男　（ルートのお腹に耳を澄ます）本当だ
彼女はあなたの中に入ったんだ
ルート　たいへんだわ
空耳男　彼女はあなたが気に入ったんですよ
ルート　本当にそう思う？
「二人とも、無駄話はやめて
本題に入るのよ。さあ早く」

ルートは空耳男の顔を自分の腹に押しつける。空耳男はルートの尻にしがみつく。

声はからかうように笑う。

声　真心こめて贈るには
アスバッハ・ウアアルトのブランデーが最適[★4]

空耳男とルートは、猥褻すれすれの愛撫を交わす。声は、大声で歌う。

声　兄弟よ、自由へ、太陽へ……[★5]

他のパーティ客たちがバルコニーに集まってくる。声は客たちの口を次つぎに借りて語る。

ついにちゃんとした料理が出てきた
ベジタリアンのパーティかと思うところだった

乾杯の音頭をとりたい気分だわ
でも、口臭がするんでだめね
アイラビュー。どんな風に聞こえる
あなたみたいに退屈な嘘をつく人を
ほかに知らないわ
あなたにそれをはっきり言うための声を
私はいまだに探し求めてるのよ
私もよ
私もだわ
いえ、その声はちがうわ
そんなふうに見つめないで
あなたたちに本当のことなんて言わないわ
大変、私の二重あごがものを言えるようになってる
皆さん
誰もがセックスについて語りますが

セックスなんてもう存在していません
そのとおり
セックスは死んだ
そう
そのとおり
でもね、ダーリン、私詩なんて嫌いだけど
でも、あなたが詩を読むときの目は好きよ

声は、多くのシャンパングラスを載せた盆を片手に登場したウェイターに乗り移る。

私、あのう、もしもし

皆がウェイターを凝視する。

声　私は今宵もっとも悲劇的な登場人物ですが
あなたがたは私についてなにもお知りになれません
ほかにお飲みになりたいものは

声は最後にジモーネにたどり着き、やや品格ある調子で語る。

ジモーネ　（他人の声で）
皆様
長らくお待ちかねだった私の話の幕切れが
ついにやってまいりました
皆様全員にお礼申しあげます
今日はご足労いただきありがとうございました
最後までお付き合いいただきありがとうございます
なによりも、今晩、皆様とともに過ごせたことをありがたく思っています
本当にありがとうございました

私がいまのような私になれたのは
ひとえに皆様のおかげでございます
皆様がおられなければ、私の死はもっと痛みに満ちたものだったはずです
ママ、ありがとうね、パパもありがとう
二人とも私より長生きしてくれて感謝してる
夫にも、生まずにすんだ子供たちにも
感謝してる
理解あるご近所の方がたにも、感謝しないとね
すぐに殺されても仕方のないあなた方を
私は殺さずにすんだんですもの
どうでもいいような瑣末な出会いをした皆様にも感謝してます
そういう出会いが私を骨の髄まで退屈させてくれたおかげで
私の人生も多少は長くなったんだから
私はもう死んで十年になるけど
こんなに嬉しく感じたことは一度もなかった

みんなには改めて
心から
お礼を言いたいです
どうも
ほんとにどうも
ありがとう
私はもうみなさんを必要としません
おやすみなさい

終

訳注

★1——レオス・カラックス監督による同名の仏映画を暗示していると思われる。
★2——原文の Krähenfüßen という語には「目尻」という意味も含まれる。
★3——床にひざまずいている空耳男がルートを下から見上げて言う台詞。
★4——酒造会社の宣伝文句。
★5——ドイツで労働運動の際に斉唱されてきた労働歌の一節。正式には「兄弟よ、太陽へ、自由へ……」と歌われる。

訳者解題

ストイックな挑発者——ジョン・フォン・デュッフェル

平田栄一朗

本書はジョン・フォン・デュッフェルの戯曲を初めて邦訳したものであるが、本人とその小説はすでに日本で顔見世をすませている。本人は二〇〇二年と〇五年に日本独文学会とゲーテ・インスティトゥートの招待により来日し、朗読会を行ったり、日本の作家とのシンポジウムに参加した。また、数々の文学賞を受けたベストセラー小説『水から聞いた話』の抄訳は文芸誌「DeLi」第二号に発表されており(尾張睦訳)、滞日経験から触発されたエッセイも執筆している。デュッフェルと日本は少しずつ顔なじみになりつつあると言えるだろう。

一九六六年にゲッティンゲンで生まれたフォン・デュッフェルは、本国では質量ともにすぐれた作家・劇作家として高い評価を受けている。その片鱗はすでに学生時代から見られた。フライブルク大学とスコットランド・スターリング大学で哲学、ドイツ文学、経済学を学んだが、弱冠二三歳にして哲学の博士号を取得する。また、多忙な学業の合間を縫って放送劇を発表し、作家活動の第一歩も踏み出していた。

卒業後、演劇と映画の批評活動を経て、九一年からはドイツの各劇場でドラマトゥルクを勤め、一九九五年に戯曲『オイ』の出版・上演にこぎつけて本格的な作家デビューを果たした。以来十年あまりで小説とエッセイ集を七冊、翻訳書を三冊ほど出版し、戯曲と放送劇を二〇本以上発表している。その間マラ・カッセンス賞、アスペクト賞、エルンスト・ヴィルナー賞などの文学賞を次つぎと獲得し、現在はハンブルク・ターリア劇場のドラマトゥルクも勤め、自作を上演したり、さまざまな小説の劇化を行っている。演劇制作のために劇場で長時間の共同作業を強いられるハンディを負いつつ、質の高い作品をこれほど多く書き続ける現役の作家はほかに見当たらない。

八面六臂の活躍は、本人の規則正しい生活を垣間見れば納得がいく。二〇〇五年に本国のテレビ番組でフォン・デュッフェルの日常生活と活動が特集されたが、その姿はまさにストイックな勤勉家そのものであった。朝六時から昼すぎまで執筆と読書に専心、午後はジョギングと遠泳をこなし、夕方から夜遅くまでターリア劇場で文芸的な仕事と集団作業を丹念に行う。そのかたわら、出版社の編集者と定期的に会い、作品構想について綿密な議論を交わし、自作の朗読会のために積極的に国内外に出かける。自己管理を徹底し、時間配分を巧みにマネージメントすることで多彩な活動を可能にするフォン・デュッフェルの姿には、二一世紀の求道型作家像が投影されているのかもしれない。

ストイックな作家から紡ぎだされる作品は、その姿勢とは裏腹に挑発的な面を多分に含んでいる。その傾向は戯曲に著しい。『史上最悪の演劇作品』（一九九六年）では暴力に魅せられた演出家が、俳優たちに本当なのか演技なのか判別しがたい殴り合いを行わせ、それを上演として示す。本来虚構を再現するはずの俳優に、許容しがたい暴力を表現ではなく現実として実践させることで、芸術の臨界点を模索した。

『ミッシング・ミュラー』（一九九七年）では、一九九五年に亡くなった劇作家ハイナー・ミュラーを登場人物にしつつ挑発した。その姿は偉大な功績を残したカリスマ像からほど遠く、死の床に臥し言葉を発するだけの非「行動の人」であり、同じ病室の二人の詩人たちから揶揄と脅迫を受ける。フォン・デュッフェルはこうしてミュラーを偶像崇拝する当時のドイツ演劇界の傾向にあえて疑問を呈した。この作品は出版されたものの、フォン・デュッフェルにしては珍しく舞台化されずに今日に至っている。ドイツの演劇人たちは上演によってミュラーの偉業を冒瀆するのではないかと思い躊躇しているのだろう。裏を返せば『ミッシング・ミュラー』の発表は掟破りの蛮勇だったと言える。

一九九九年にドイツ語圏でもっとも上演された戯曲『狂牛病』は、いわゆる六八年世代の家族像を諷刺化した笑劇である。カール・マルクスという名の父親と（ドイツ赤軍派の女性闘士と同名の）マインホーフと呼ばれる母親から反権威主義の教育を受けた子供たちには、イデオロギーなき反抗と性の快楽しか育たない。息子は実際には強権的に振舞っている父親を殺そうとし、キャリア・ウーマンの娘は父親が労働意欲を失うほど猛烈に働いて稼ぎ、もはやすることがなくなった父親の子供を身籠るほどの生産力を発揮する。破天荒な展開とモンティ・パイソン風の駄洒落の応酬により、左翼リベラリズムの自負とされる反権威主義の限界と矛盾がグロテスクにさらけ出された。

このように芸術、作家、六八年世代の功績に対して挑発的な問いを投げかけてきたフォン・デュッフェルは、その矛先を一般の人びとに向けた「社会劇（Gesellschaftsdrama）」も手がけている。その代表作が、ドラマトゥルクとして勤めていたボン劇場で二〇〇〇年に初演された韻文劇『バルコニーの情景（Balkonszenen）』である。社交パーティに集うのは、政治家、ジャーナリスト、経営者、投資家、コンサルタント、病理学者などであり、（サラリーマンらしきリュディガーとアルバイトのウェイターを除き）職業上成功したようにみえる人びとばかりである。

社会的地位の高い彼らは公の場であるパーティで模範的な発言をしたり、率先的な行動をとっているはずだが、フォン・デュッフェルはむしろ会場脇で語られるオフレコの「おしゃべり」を拾い上げている。そこでの会話は虚栄と嘘と本音であると同時に、互いにかみ合わない独りよがりなスモールトークでしかない。なぜなら彼らは自分本位に苦悩や怒りや望みを相手に発するだけであり、相手の思いを心底理解しようとはしないからだ。劇作家ボート・シュトラウスはエッセイ集『他に誰も』で、現代人は苦悩や絶望を抱えてもカウンセリング、支援機関などを通じて解決できるとされる社会制度内で生きているため、もはや誰も他人の苦悩に心から共鳴することはなくなったと指摘しているが、『バルコニーの情景』の登場人物たちも現代人特有のアパシーに冒されていると言えるだろう。ちなみにドイツ現代戯曲選集で上梓されるシュトラウスの『終合唱』第二部も、舞台はパーティ会場前のロビーである。

『バルコニーの情景』のもうひとつの興味深い特徴は、登場人物の社会構成である。彼らはいわゆる「勝ち組」か、ウェイターに象徴されるように希望の定職に就けずにルサンチマンをためている「負け組」に截然と分かれており、その間の社会層の人びとがほとんど現れない。ここにも現代社会に対するフォン・デュッフェルの見解が表れている。彼はエッセイやインタビューでニュー・エコノミーにより社会的中間層が消滅しつつあることに着眼し、この社会変動を極端化へのプロセスとみなし、警鐘を鳴らしている。中間層の人びとはいまや「負け組」にならないように極端な生存競争を強いられるようになり、かつてなら少数派のアッパー・クラスだけが負っていた大きな負担と責任の片棒を担がされている。この極端化が『バルコニーの情景』の登場人物にも散見される。例えばラインハルトとそのパートナーは巨額の当資を運用する羽振りのよい投資家にみえるが、実際には雇われ人という中産階級なのである。しかし彼らは厳しい競争を強いられることで上流階級へとひたすらステップアップするほかなく、逆にちょっとでも躊躇すると大きな損失を抱え、ただちに下流階級へ失墜するという過酷な現実にさらされている。

フォン・デュッフェルの多くの戯曲と同様、『バルコニーの情景』の会話には、ありえないと思えるような呪詛、罵詈雑言、暴言がちりばめられている。しかしドイツ人によれば、作品の会話はパーティの片隅で本当に語られているか、あるいは語られてもおかしくはないものだという。前置きによれば、作品は小耳にはさんだもののメモ書きから成るというが、それは作者の本心なのかもしれない。登場人物の社会構成だけでなく、挑発的に聞こえる発言内容も現実をそのまま反映しているのである。フォン・デュッフェルの挑発的な内容は決して絵空事の描写ではない。

『バルコニーの情景』の後もフォン・デュッフェルは相変わらず旺盛に創作を続けている。二〇〇一年には、社会的中間層の消滅を別様に描き出した戯曲『エリートな人たち』をターリア劇場で上演した。二〇〇四年に発表された長編小説『フーヴェラント』はトーマス・マンの『ブッデンブローク家の人びと』やアメリカの大家族小説を彷彿させる意匠により話題を呼び、批評界から好評を得た。翌年はマンの同小説をターリア劇場の上演用に劇化した。今年の春には、アングスト（ドイツ語で不安を意味する）という名の父親のホテルを遺産相続した息子を主人公にした小説『ホテル・アングスト』を発表している。

フォン・デュッフェルは昨秋ふたたび来日し、法政大学で日本とドイツの作家たちが集うシンポジウム「出版都市 TOKYO 二〇〇五」に参加した。晩に開かれた関係者のレセプションで訳者は『バルコニーの情景』で訳しあぐねていた箇所について氏から直接指南を頂いた。その際私たちは会場を離れ、脇の別室に移動した。それは、ゲストたちが談論を賑やかに交わす会場とは対照的に誰もいない静謐な部屋で、窓からは都会の景色が一望できた。期せずして作品の設定と似てしまいましたねと私たちは一笑した後、氏は長旅の疲れにもかかわらず長時間にわたり懇切丁寧に教え諭してくれた。この場を借りて改めて氏に謝意を表したい。

著者

ジョン・フォン・デュッフェル（John von Düffel）

1966年ゲッティンゲン生まれ。いわゆるゴルフ世代を代表する作家・劇作家。ハンブルク・ターリア劇場などでドラマトゥルクとして演劇制作を行いながら多数の小説、戯曲、放送劇を発表する。98年に発表したベストセラー小説『水から聞いた話』で数々の文学賞を受賞。戯曲『狂牛病』は99年にドイツ語圏の劇場でもっとも多く上演された。最近ではトーマス・マンの大作『ブッデンブローク家の人びと』を彷彿させる小説『フーヴェラント』（2005年）で高い評価を受けている。

訳者

平田栄一朗（ひらた・えいいちろう）

一九六九年東京生まれ。慶應義塾大学助教授。ドイツ演劇研究のかたわら演劇評論・実践に携る。主な著訳書『文学のこどもたち』（共著、慶應義塾大学出版会）、『ポストドラマ演劇』（共訳、同学社）、『ニーチェ三部作』（訳、論創社）

ドイツ現代戯曲選30　第二十二巻　バルコニーの情景
二〇〇六年九月二〇日 初版第一刷印刷　二〇〇六年九月二五日 初版第一刷発行
著者ジョン・フォン・デュッフェル◉訳者平田栄一朗◉発行者森下紀夫◉発行所論創社　東京都千代田区神田神保町二―二三 北井ビル 〒一〇一―〇〇五一 電話〇三―三二六四―五二五四 ファックス〇三―三二六四―五二三二◉振替口座〇〇一六〇―一―一五五二六六◉ブック・デザイン宗利淳一◉用紙富士川洋紙店◉印刷・製本中央精版印刷◉ ◉ ISBN4-8460-0608-5

ドイツ現代戯曲選 30

*1
火の顔/マリウス・フォン・マイエンブルク/新野守広訳/本体 1600 円

*2
ブレーメンの自由/ライナー・ヴェルナー・ファスビンダー/渋谷哲也訳/本体 1200 円

*3
ねずみ狩り/ペーター・トゥリーニ/寺尾 格訳/本体 1200 円

*4
エレクトロニック・シティ/ファルク・リヒター/内藤洋子訳/本体 1200 円

*5
私、フォイアーバッハ/タンクレート・ドルスト/高橋文子訳/本体 1400 円

*6
女たち。戦争。悦楽の劇/トーマス・ブラッシュ/四ツ谷亮子訳/本体 1200 円

*7
ノルウェイ.トゥデイ/イーゴル・バウアージーマ/萩原 健訳/本体 1600 円

*8
私たちは眠らない/カトリン・レグラ/植松なつみ訳/本体 1400 円

*9
汝、気にすることなかれ/エルフリーデ・イェリネク/谷川道子訳/本体 1600 円

*10
餌食としての都市/ルネ・ポレシュ/新野守広訳/本体 1200 円

*11
ニーチェ三部作/アイナー・シュレーフ/平田栄一朗訳/本体 1600 円

*12
愛するとき死ぬとき/フリッツ・カーター/浅井晶子訳/本体 1400 円

*13
私たちがたがいをなにも知らなかった時/ペーター・ハントケ/鈴木仁子訳/本体 1200 円

*14
衝動/フランツ・クサーファー・クレッツ/三輪玲子訳/本体 1600 円

*15
自由の国のイフィゲーニエ/フォルカー・ブラウン/中島裕昭訳/本体 1200 円

★印は既刊（本体価格は既刊本のみ）

Neue Bühne 30

*16
文学盲者たち/マティアス・チョッケ/高橋文子訳/本体1600円

*17
指令/ハイナー・ミュラー/谷川道子訳/本体1200円

*18
前と後/ローラント・シンメルプフェニヒ/大塚 直訳/本体1600円

*19
公園 /ボート・シュトラウス/寺尾 格訳/本体1600円

*20
長靴と靴下/ヘルベルト・アハターンブッシュ/高橋文子訳/本体1200円

*21
タトゥー/デーア・ローアー/三輪玲子訳/本体1200円

*22
バルコニーの情景/ジョン・フォン・デュッフェル/平田栄一朗訳/本体1600円

ジェフ・クーンズ/ライナルト・ゲッツ/初見 基訳

魅惑的なアルトゥール・シュニッツラー氏の劇作による魅惑的な輪舞/
ヴェルナー・シュヴァープ/寺尾 格訳

ゴミ、都市そして死/ライナー・ヴェルナー・ファスビンダー/渋谷哲也訳

ゴルトベルク変奏曲/ジョージ・タボーリ/新野守広訳

終合唱/ボート・シュトラウス/初見 基訳

座長ブルスコン/トーマス・ベルンハルト/池田信雄訳

レストハウス、あるいは女は皆そうしたもの/エルフリーデ・イェリネク/谷川道子訳

ヘルデンプラッツ/トーマス・ベルンハルト/池田信雄訳

論創社

Marius von Mayenburg Feuergesicht ¶ Rainer Werner Fassbinder Bremer Freiheit ¶ Peter Turrini Rozznjogd/Rattenjagd

¶ Falk Richter Electronic City ¶ Tankred Dorst Ich, Feuerbach ¶ Thomas Brasch Frauen. Krieg. Lustspiel ¶ Igor Bauer-

sima norway.today ¶ Fritz Kater zeit zu lieben zeit zu sterben ¶ Elfriede Jelinek Macht nichts ¶ Peter Handke Die Stunde

da wir nichts voneinander wußten ¶ Einar Schleef Nietzsche Trilogie ¶ Kathrin Röggla wir schlafen nicht ¶ Rainald Goetz

Jeff Koons ¶ Botho Strauß Der Park ¶ Thomas Bernhard Der Theatermacher ¶ Rene Pollesch Stadt als Beute ¶ Matthias

ドイツ現代戯曲選 ㉒
Neue Bühne

Zschokke Die Alphabeten ¶ Franz Xaver Kroetz Der Drang ¶ John von Düffel Balkonszenen ¶ Heiner Müller Der Auftrag

¶ Herbert Achternbusch Der Stiefel und sein Socken ¶ Volker Braun Iphigenie in Freiheit ¶ Roland Schimmelpfennig

Vorher/Nachher ¶ Botho Strauß Schlußchor ¶ Werner Schwab Der reizende Reigen nach dem Reigen des reizenden

Herrn Arthur Schnitzler ¶ George Tabori Die Goldberg-Variationen ¶ Dea Loher Tätowierung ¶ Thomas Bernhard Hel-

denplatz ¶ Elfriede Jelinek Raststätte oder Sie machens alle ¶ Rainer Werner Fassbinder Der Müll, die Stadt und der Tod